花は曼荼羅の世界であった

高橋次夫詩集

土曜美術社出版販売

詩集　花は曼荼羅の世界であった＊目次

詩集　花は曼荼羅の世界であった

五月の海

伊豆稲取の　朝
五月
岩壁《いわかべ》の高みに　ゆるりと
露天の湯船が居座っていて

包み込むように　海のぜんぶがひかっている
さらに　その奥の
円弧の頂点　空に嵌りこむあたりに
まっさらな　息遣いを立ち上げて

今朝の　新生の裸身を湯に浸し
わたしは　ひかる海に視線を注ぐ
岸辺の岩礁に　跳ね返っている波のひかり
そこから届いてくる鼓動が　肌にしみる

海面にそよいでいる　波の表面《おもて》には
八十年　毎朝の新生に蘇った鱗の
ひかりが張りついていて
いのちのふるさと　海が香り立つ

胸元にたゆたう　湯の温もり
その感触の層が深まっていって
ひかりを溶かし込んでいる海の

底層《ていそう》に届いている実感に納得する

海は五月　すべては

新生の朝に注がれている

生誕の朝

古老の杉の
崩れかかった洞の
底深く　やみ　は
日がな　身を伏せて居る
眠りを拒むために
粘り気の　濃さが昂ぶり
いよいよ
重心に食い込んでゆく
やがて　黄昏れてくると

ひかりの淵に
溶け出して　やみ　は
正気に還る

古い沼の入り江に
漂っている　葦原の
水面のあたり
ゆるやかに　ひかりは
正座している
整った波長に沿って
息遣いは乱れることなく
宙空の精気を引き寄せ
やみ　の
ふところに包まれながら

清冽な
世界を身籠る

新しい朝は
生誕のときだ
黄緑色に燃える　柿の葉群れの
一枚の葉脈の先に
生まれ出た　濡れている　ひかり
その幹の　枝に分かれる高みに
羽化したばかりの　せみの
透明に緊張している羽に
湧き出る　宙空の精気
この輝きの朝を　いっしゅん掠め
黒揚羽蝶の　羽の形に結晶して飛び立つもの

やみの昇華

一枚のたたみ

日差しは
はや途切れ
際立ってくる山の端の辺りから
薄墨の闇が
言葉を伏せたまま
寄り添ってくる

帰る家　と
ただただ　思いあぐねている

からっぽの私は
六畳ひと間　とも
たたみ一枚　とも
心に浮かべるすべもなく　ひとり
迷いの渦に紛れたままである

死んでゆく父は
たたみ一枚も残してはいない
そこには北満の
底しれぬ闇だけであった

母の死顔の中で
閉じられた眼差しだけが
怖いことなにもないよ

そう囁きかけてきたのを
私は　立ち上がったままで
聞いている

娘たちが整えてくれた
還暦の酒盃に
まだ　たたみは
浮かび上がっていない

きのう
西向きのガラス戸の
空いっぱいにかぶさってきた　月
その視線に恥じらい　俯いたときに
膝もとの

一枚のたたみに　気付いたのであった

私ひとり　ようやく坐れるだけの
たたみ一枚授かった
祷りのような安堵

日ごと夜ごと
たたみの温みに　私を預けて
坐り続けている

祇管打坐
しくわんたざ
このたたみの安らぎは
石の懐のなかにちがいない

紛れもなく

紛れもなく
コロナウイルス禍が引きずりこんだもの
家居、自粛に嵌りこんでからすでに
二周年が間近に迫っている
湧き立つような風に吹かれることもなく
棲みついた六畳間は埃だらけのままだ

夜を連れてくるのは　月星ではなくなった
安易な闇の襞にくるまれるわけでもなく

転寝半分居眠り半分のうちに夜が訪れて
夢見は朝方　目覚めの直前に
私の困惑を更に苛める　昔々の苦いジレンマ
忘れた筈の者たちが不意に　にやにや貌で現れるのだ

赤錆びた古い記憶からようやく
這い遁れてきた寝覚めの此岸には
凋れ始めた蓮の葉の影が泡立つだけで
朝ごとに蘇える露のひかりのたゆたいは
未だにその感触もなく　ただ森閑とした
絶句のひとり居を強いられるだけである

このままではコロナではなく　その影に殺される
今朝の貌を見失った己の影に殺される　だから

最後の往生を求めて白亜の図書館に行こう
書棚いっぱいに拡がる里山を踏みならし
未踏のぶな林に分け入ろう
濃い気流の隙間を　ぶなの実に乗って滑り飛ぶのだ

風を湧き立たせている木々の
香気の中に
私の活きづく
新生の位置が見えてきた

鞦韆—ぶらんこ—

それは
天から降りてきたとしか私には思われなかった
二尺ほどの幅に
まっすぐ　麻綱《あさづな》が二本　垂直に降りてきて
陽に灼けた台板を
終着の位置に繋げている
記憶の視野には
秋の紅葉色《もみじいろ》の葉群れがひろがり
鄙びた公園の一隅であったか

粗末な山荘の庭であったか

麻綱に潜《ひそ》みこんでいる冷《さ》めた湿気が
油気の失せた手のひらの皮膚を一瞬緊縮させる
記憶が開いてくると私は
鞦韆の台板に腰を据えていたのだった
歩幅ふたつほど　腰で台板を後ろにずらし
身体の全容を風に向けて解き放す
紅葉色の葉群れが　そより　寄り添ってくる
背骨を背景に倚《よ》り倒してさらに　台板を踏み込むと
葉群れの先の　紺碧の天空が被《かぶ》さってくる
幽かに　風のさやぎがよぎってゆく

麻綱の親しみに馴れ　揺れに誘われ

私は台板に立ち上がっている
背骨から腰を通した体重に　弾みを付けて
垂直下に蹴り上げる
天空《そら》の紺碧《あお》さが　全身を引き込むように深まり
宙空のただ中に　私の影ともどども
涼やかに解き放されてゆく
麻綱のしがらみも　台板の因縁も
紅葉色の葉群れに融けこんで
仰ぐ　視線の位置が整えられた

揺れ続ける鞦韆の真下には
永遠の空間が固まっている

ひかりの　ことば

葉
いち枚を
残す
こともなく
散り果てた柿の木の
しろく
乾いた
枝さき
そらの

宙空
一面に
ちりばめられている

その片隅に
ひそと
佇む
ひとつだけ
取り残された
柿の実

先ほど
生まれ出た
ばかりの

朝のひかり
ひとつだけの　その
柿の実の
額《ひたい》を
柿いろのつやに
そめあげて
いる

けやきの年輪

未だ
肌色の温もりを
残しているのだろう
朝焼けの陽《ひ》に晒した
けやきの伐り口には
年輪の呼吸《いき》づかいが
ゆるやかに
立ち昇っている

初めて見せる　爽やかな年輪の
巡り寄る囁きには
百年の想いも
千年の思想も
零れてはこない
まして
三十尺余*の空域《そら》を　自在に
風のなかに遊ばせていた記憶など
意識の内に
留めておこうなどとは
思いもしてなさそうだ

地面から盛り上がり　そして
地面の内奥に　深く突き刺してゆく

残された　根の張り具合
見せるわけでもなく
誇示するわけでもないのだが
ひとひらの
紋白蝶の影が
伐り口の年輪に重なって

春の陽がいま　そより
ほどけてゆくのであった

＊　三十尺余　約十メートル弱。

老木ぶなの謝辞

夏めいた日差しが降りてきている
なんどめの夏至を迎えることになるのか
もうろうの記憶を曳きだす気力も
もう萎えかかっていて

三十尺も長々と
朽葉の腐葉土に晒した樹幹の背中そこここに
両の手をふりかざして
若みどりいろの声をはりあげている　儂《わし》の　末裔たち

背中の肌深く根差した繊毛の　吸い上げた精気が
頭上に開いた空間を突き抜け
蒼穹の天に昇華してゆく
若木のいのちの立ち上がりである

樹冠の飾りに見えた　ぶなの実の群れ
年ごとに熟しては振り撒かれていたのだが
腐葉土に根ざした子葉に　陽が届くことはなく
その芽の本葉を見ることはなかった　そうして

老木の貌が襲われたのは　天恵であったか
それにしても手酷い荒業であった
今にして思えば　あの大雨と大風の暴挙が

最大の効果を見せてくれたのだ

洞に蝕まれた根周りから　樹冠の葉群れ諸とも
引き倒されて　どうっと臥せった腐葉土の地べた
虫や蚯蚓に苛まれての年をかぞえて　ある日の朝
背中辺りに声を聞いたのだ　若みどりいろの

若芽や虫たちの　熱気にふくらむ視界が
儂の眠りの上へ　さやかに立ち上がってゆく

千年の樹體[*1]

晨《あさ》　天穹《てんきゅう》の際《きわ》からほの白く
湧き上がってくる　ひかりのたゆたい

たゆたうひかりの黙示を背に享け
逆光のいろを濃くして
屹立してくる樹體《じゅたい》の骨格
その呼吸《いき》遣い

樹冠[*2]の崩れは千年の証し

それでもなお
気負い立つ葉群れの香気は
天穹のひかりを　一心に享けとめている

巨大な洞を抱え
深い翳を沈めた苔に覆われ
うねり這い　からみ這う根の重層には
樹體の姿勢が摂理のように定着して

ひかりのリズムに添って時間のエーテルが
樹冠に降り注ぎ　間断なく降り注ぎ
年輪の細胞は　びっしり
千年の記憶に固められているのだ

筋肉質の木肌をのぞかせている樟《くす》の
巨木の影にわたしは　間違いなく
抱き留められている
静寂の一房

＊1　樹體　樹の幹のこと（造語）。
＊2　樹冠　樹の枝葉の茂っている部分。

与野の大榧

さくらの花の
弾けた
饒舌満開の
お喋り
を
見下ろしている

与野の大榧《カヤ》　推定樹齢千年*
樹高　二一・五メートル

大人十三人縦に重ねた高サだ
目通り周囲　七・二八メートル
　大人五人で抱えた太さだ
扁平線状の葉は対称を成し
常緑の葉群れの樹冠は
小山のようにうず高く盛り上がり
　樹體から突き出た胴体まがいの枝　枝
その樹體と枝々には　黒々と穿たれた
天変地異千年の洞
それでも　なお
大榧を囲む広い地べたからは
根がはみ出さんばかりに勢い付いている
樹體と枝々の　灰かっ色の肌には
黙りこくった　ことばがびっしり

ぶ厚く　貼り付いている
影よりも
鮮明に
千年の歴史を語るには
寡黙でなければならないのだろう

藤井聡太五冠の
絶妙の一手　４一銀打ち　を
がっしりと受け止めた
榧の　将棋盤
何処の
大樹であったか

＊　現地の案内板による。

梵鐘のせかい

与野の大榧《カヤ》の
影が降りている　妙行寺の鐘楼
さくらふぶきのさ中に訪ねた
大榧の鎮まりかえった黙示を
そのままの姿勢で享けとめて
梵鐘は身《み》動《じろ》ぎもせず居座っている
流れ止まぬ　さくらの花びらを
見返ることもなく

わたしは　畏れを　こぶしの中に抑えて
梵鐘の真下にはいった
足元が誘《いざな》われた　天頂直下は
靴底を貫いている柔らかい息遣いで判った
仰ぐと　天頂がわたしを視線のうちに捉え
音もなく聳え立ってゆく
梵鐘の下縁《べり》は　わたしをこの位置に留めたまま
水平線の彼方へ速くもひろがっていく

ひとりわたしの所在は
濃密な凪に　全身見定められている
天頂に　水平に
梵鐘のせかいの拡がる実在の中で
やがて　撞木によって

梵鐘の打ち鳴らされる刻《とき》が届いてくるだろう
与野の大椎の樹冠のその穂先の
佇まいに委ねられる刻が

あぶら蟬の大往生

ことしは
あまり
蟬の声を聴くことはなかった

素数年*からあぶれてしまったためか
木々が伐られて
交合の世界が剝奪されたせいか
炙り燃えさかる炎のような
熱暑の煉獄を怖れたからなのか

それでも
マンションの階段で
ベランダの片隅で
あぶら蟬は
白墨の粉に染めあげられた腹を
天日《てんぴ》に晒し
緊張を結晶させた六本の肢を
天頂に突き上げ
揺るがせることもなく　全像を
自身の翳に密着させ
すべてやり遂《おお》せた完璧の静謐を
わたしの萎えかかっている細胞に　重ねてくるのだ

それでも
ヒトの襲いかかる前の　里山の林であれば
あぶら蟬の全像は
ふくよかな腐葉土の祷りに
包まれる筈であったのに
ヒトの欲で固められたコンクリートでは
受け止めきれる筈も無い　同じように
おこがましくも蟬の命の推移を追っていたこれまでの私を
いま　ひどく恥じている　そして
恥じらいに硬直したまま　蟬の姿勢の前に佇立している私の
胸奥を膨らませているのは
大往生を果たしたあぶら蟬への　羨望なのであった

＊　素数年　蟬の地上での数のバランスを得る為に、這い出す年が素数になっているという説。例えば十七年蟬など。

詩の草むらを

この書棚　この位置に棲みついてから二十五年
この六畳の部屋の　日焼けしたたたみも二十五年
その　ただ中に居座っているわたしは
いのちを授かってから八十五年
なんの未練もなく立秋をやり過ごして
いま
雑和音を宥めすかし　深更[*1]の背中に寄り掛かっている
忘却に近い　詩の種を探し出そうと

書棚の底の
草むらのように眠っている　詩の雑誌
「現代詩入門」[*2]を鷲摑みにして
曳き出した
そのとき
表紙の先が　つと　針先のように光った

紛れもなく　きりぎりす
全長五ミリメートルの　きりぎりす　である
初めての電灯の明かりに　戸惑っているではないか
どんな暮らしをしていたのか　混乱に嵌ったわたしは
挨拶のことばに詰まったまま　眼を瞠るばかり
そしてようやく　五ミリメートルの　きりぎりす　を
雑誌「現代詩入門」に添えて書棚の底に戻してやった

深更の夜は　いよいよ静寂の淵に沈んでゆく
わたしのふたつの目だまの奥に張付いてしまった
五ミリメートルの　きりぎりす
お互い　詩の草むらを這いずり回りながら
共に生きて行くしかなさそうだ
残された生涯は　短かすぎるようであるが
折角の一期一会なのだから

＊1　深更（しんこう）、よふけ、深夜。
＊2　「現代詩入門」昭和三十年代初頭、北川冬彦編集によって時間社から発行された雑誌。

つがいの蝶の生まれる刻

やや厚手の雲が　日差しを包み込んでいて
その日の昼下がりには　冬の吐息が湧き上がり
楓の
葉群れの朱色はようやく　鎮まりの掌《てのひら》に戻っていた
あばたさながらの木肌は　墨いろに固められ
風のように時代を貫いてきた　こならの幹の
自己主張が
整然と立ち並んでいる　森の奥行き

時折り
枝々を過《よ》ぎる枯れ葉の陰に寄り添わせて
わたしの　こわ張った体の生身を流してみる

恰幅のある樹幹の連なりが
揺れる視界に　かぶさってきて
その先に
翳りを流している一面の池が開けている
うす墨いろのひかりを沈めた水面を
潜るように　黒いうねりは　鯉の背筋か
あたりには木下闇の重い密度がかさなってゆく

残されたひかりを探して　視界を泳がせ
びっしり

どんぐりの実の敷き詰められた平地《ひらち》に立つと
桃いろのワンピースそのままの幼女ふたり
つかまって　おどって　はなれて　枝を巡っては笑って
あの　木下闇から生まれでた　つがいの蝶の化身だ
わたしの視界いっぱいに　小さな明かりが灯された

こならの幹に背を寄り掛けて
耳の底に映るつがいの蝶の笑い声に
わたしの　視界の全てを傾けていよう
日差しが疾うに　暮れかかってしまっていたとしても

蝶の招き

柿若葉の艶めいている　昼さがり
狭い　路地の奥に繋がる
一隅

不意に灯った明かりのように
浮かび上がった　揚羽蝶
前屈みに　泳ぎ
横に　揺れ
羽を浮かばせては

風を楽しんでいる様子

そろそろと立ち上がり
わたしの　背丈ほどまでのぼりつめると
舞い散る銀杏の
黄金《きん》いろの葉群れさながら
想い豊かに　羽を拡げている
地色の金箔が鮮やかだ

滑るように　降り立つ間際
板舞台に触れることなく
翻《ひるがえ》す羽
羽の全面に　彫り込まれた
歌舞伎役者の

隈取りそのままの　紋様

風の遊びに　身をまかせて
追いかけてくる影と戯れながら
わたしを見届けたかのように
足もとの地べたにその姿勢を留めた

風が止まり
時間が止まり
一瞬の　静止
そして
ようやく　影が身じろぐ

蝶は

わたしを
静謐の時間に招き入れようとしているのだった

花の一期

ジョッキグラスの
ひかる艶を覆うように
盛りあがっている切り花の　実存が
ライティングディスクの一画に坐している

紅色を　くろずむほどに色濃く
凝縮させた　薔薇の首　五本ほど
傾げることもなく
その位置を確保しているつもりらしい

ダリアの薄むらさきは
翳を抱えた小さな花片たちを
無限に増殖させ　そして
拡散の輪を拡げている

無理に微笑もうとしても
記憶の崩れてゆく怖れを
隠し切れずに　朱色の薔薇は
容貌の綻びまで見せているではないか

小ぶりに　幼い紫陽花に似せた
若草いろの花冠が　控え気味に
ダリアと薔薇に分け入っている

それでも自己主張だけは見え隠れだ

旬日を経て
花たちは　黙したまま嘔吐をはじめた
時間を背負いきれないのだ　切り花の宿命では
沈殿してゆく色素の　一期

花は残酷である

花は　残酷である
と　言い捨ててしまいたいほどだ
すでに
崩れはじめている腐蝕の痣を
隠そうとしない
なだれてくる日差しに
その顔貌を晒したままでいる

薔薇は

眉をつり上げているわけではない
花片に血走っている香気を
誇らしげに振り撒いて
死地への尺度を
昂然と測っている

緑色の
艶を深めている葉群れの中に
肉厚な花弁を際立たせている椿
黙りこくった風の坩堝に
落下してゆく　平然として
翳を遺すこともなく

群れ重なって錆び付いている花弁を

雨の打擲に投げ出している
紫陽花
その無惨な姿勢を怖れて
首ごと切り落してしまう
ひとの手の怯懦

きさらぎ　の　たより

きさらぎ　という言葉は　まだ
公園に往き交う　風のそよぐ道を
辿りきれるのだろうか
凛々の冬から授かってきた
蒼穹さながらに張り詰めた梅の花の香気を
梅の花の香気そのままの実証として
出会いたかったのだ

雪になぶられた日の翌日

ささやかな日差しの先に翳した
薄紅いろのはなびら
「紅千鳥」　などと　思わせぶりな新種銘
俺が俺がの知ったかぶりのわが物顔に
梅の花の　凜々の品位も　香気の静謐も
届くことは無いであろう

寒気に引き締められたひかりの下
土の精気に呼び覚まされた梅　その幹
この　いのちの宣言は
液晶の眼鏡越しに　顕れることはない
仮想の舞台に棲みついた　二十一世紀人は
いろかたちの識別が付きさえすれば
生でも死でも　ゲームそのままに次のステージだ

北陸の里からは早くも春一番の風の知らせ
それに呼応して
　梅の樹一本　すでに咲きおわり
また　つぎの花も　もうじきでしょう
梅のはなびらの　鎮まった肌から届いた
いのちの宣言の実証である
わたしにはやさしいたよりになった

さくら草の沈黙

立春
群青天空の真下
生きもののように
焰の穂先をうねらせ
草焼きの饒舌が蔓延して
荻葭《オギヨシ》の
枯れきった
群生が煽られると

ほっこら焼け焦げ色の
野面《のづら》が拡がる

焼け焦げ野面の底に腹這い
瑞々しい生命の艶を蓄え
発芽の一瞬の刻を
狙い定めている
さくら草の根の生誕宣言

四月のその日　焦げ茶色の野面は
若みどりの息遣いに彩られ
生きている貌を恥ずかしげに
薄紅色に染めてさくら草は
五枚の花弁を見せる

コナラの木立たちも枝先に
洩れなく若い葉群れを茂らせ
緊張気味の視線をむけている
全視野を覆ってくる薄紅色は
天啓の沈黙に満ち満ちて

＊　さくら草自生地、さいたま市桜区田島ヶ原。特別天然記念物。

西洋蒲公英の奇跡

砂ぼこりに塗れた
糸ひげのような花弁の群れを
一円玉ほどにひろげて
アスファルトの疵跡に佇んでいる
西洋蒲公英の　土気色

ほかの草からも
なかまの花からも
ひとり放り出された貌に見えたが

アスファルトに影を削りだしている
ギザギザの葉先は無頓着だ

人の　靴音の震動《ふる》えにも
走り抜ける風の刃先にも
根の芯底は既にあずけていたのだ
アスファルトの疵跡に
捉えられたときから

名付けられた西洋は
いつの時代であったとしても
もはや　あげつらうことでもない
アスファルトの疵跡が　今は
蒲公英の花の奇跡となった

蜆ほどの
黄蝶一頭の視野に
砂ぼこりの花弁の群れが届くことを
アスファルトの温かみに重ねて
最後の奇跡になるときを待つばかり

謳い騒ぐように

根元から
薄っぺらな影を　一本
地べたに横たえているだけで
その茎は　無愛想なまでに素っ裸だ
地上に突き出す　その位置を
選ぶこともできずに　だから
芽生えのとき　ほっこりの双葉など
覗かせている筈もなく　既に今は
こどもの膝ほどの高さから

細みどりのささやきを　周囲に差し出して
矢車のように花を付けている
紅いろに揺れている　ちいさな　ちいさな
ろくまいの花びら
そのまばたきの焦点から
鋼《はがね》いろの艶を見せて
雄蕊の芯が伸びてくる　ろっぽん
さらに
見分けの付かぬ形で雌蕊が　いっぽん

ななほんの芯の　天空に向かう軌跡は
確かに　目にも鮮やかであるが
その代償を　ひとには見せない
雄蕊と雌蕊の生殖は果たされないまま

花蜜のすべてを　蝶に捧げ続けている
秋の風に添って
秋の乾いたひかりに運ばれる　彼岸の
眼差しだけが
そのすべてを　写しとっているのだろう
ひかりの届かない　地下茎に身を潜めて
秘儀はようやく成就する
覚えの有る傷みを隠したままで

秋彼岸の旬日過ぎには
花びらと　雌雄の蘂が
ちりぢりに捩れ腐蝕する摂理《ことわり》
それは地べたに横たわる一本の影が
予兆としてすでに語っている　だから

せめて今　空の碧さに貼り付くように
ひがんばな実在の証明《あかし》が
今を盛りに展がっているのだ　謳《うた》い騒ぐように

＊　ヒガンバナは、花は咲いても実はならない。繁殖は地下茎でおこなう。だから昆虫に受粉を助けてもらう必要がないのに、立派な花を咲かせ、そこを訪れる蝶に花蜜を差し出す。（朝日新聞・折々のことば〈２０１９・９・18〉より）。

花は曼荼羅の世界であった

秋
彼岸の　墓に詣でた日である
遠く山稜が望める丘に登りきったとき
わたしを　不意に包みこんだ花

大地を貫き　伸びあがった骨太の茎に
ひとかかえほどの
花冠を載せて
ひまわり　一本《ひともと》

陽は　すでに
中天に近づいていて
わたしの影も
凝り固まった　黒い染みであったが

それに気づくこともなく
宙《そら》に向かって　ひまわりは
螺旋模様に整えられた　実を
花冠いっぱいに漲らせている

それを縁どるようにして
ひかりのことばを　ひとつ
ひそかに抱きとめて　花びらは

それぞれの位置に約束されている
秋いろの風に　ほほ笑み返している
花びらの　完全円環
花は
曼荼羅の世界であった

あとがき

　ここまで歳を重ねてくると、日ごと年ごと新しいいのちを授けられていると思うようになっている。そのことと併せて、いのちの糧を獲るために遮二無二働いていた頃には周りの様子が目に入ることなど思いも寄らなかったのに、今こうして自分のペースで身の周りの草や花や樹など植物たちの、また蟬や蝶や蜻蛉など虫たちの、驚きに充ちた力やはたらきに出合うようになると不思議な感動に包まれてしまうのだ。これは植物や動物たち自らの力に因って獲得したものというより、自然界に潜在している大叡智ともいうべき働きかけによるものと私には感じられた。現代の文化文明はヒトの叡智と思われているのかもしれないが、大元はこの自然界の大叡智にこそ、との思いから私の想いはその天啓に添いたい、学びたいという方向に傾き始めたようである。そういうわけで、このことが詩集の根っこに成っていてくれればと秘かに願っている。

二〇二三年三月　啓蟄

高橋次夫

著者略歴

高橋次夫（たかはし・つぎお）

1935年5月　宮城県仙台市生まれ

著　書　詩集『鴉の生理』1981年、『骨を飾る』1985年、『高橋次夫詩集』1987年、『花脣』1992年、『掻痒の日々』1994年、『孤島にて』2000年、『雪一尺』2007年、新・日本現代詩文庫55『高橋次夫詩集』2008年、『孤性の骨格』2011年、『石の懐』2018年、『祷りへの旅』2020年
散文『篠竹』2005年

所　属　日本現代詩人会、日本詩人クラブ、日本文藝家協会　各会員
詩誌「竜骨」、「午前」、「晨」同人

現住所　〒338-0832　埼玉県さいたま市桜区西堀7-5-1-403

詩集　花《はな》は曼荼羅《まんだら》の世界《せかい》であった

発　行　二〇二三年五月十二日

著　者　高橋次夫
装　幀　森本良成
発行者　高木祐子
発行所　土曜美術社出版販売
〒162-0813　東京都新宿区東五軒町三―一〇
電　話　〇三―五二二九―〇七三〇
ＦＡＸ　〇三―五二二九―〇七三二
振　替　〇〇一六〇―九―七五六九〇九

印刷・製本　モリモト印刷

ISBN978-4-8120-2767-7　C0092